dodo la planète do

🌍 Belgique 🌍 Brésil

Partout dans le monde, les enfants sommeillent.
Partout dans le monde, les étoiles brillent et la lune sourit.
Around the world, the children sleep. Around the world, stars twinkle
beside the smiling moon. En todo el mundo, los niños duermen. En todo
el mundo, las estrellas brillan y la luna sonríe

Laisse-toi emporter
par un ami masqué
Let yourself get carried away by a masked friend
Déjate llevar por un amigo enmascarado

Dans un rêve
où tu pourras tout savourer
In a dream where you can taste everything
En un sueño donde podrás saborear todo

Tu suivras le chemin tracé
par une vieille dame
Follow in the footsteps of an old woman
Seguirás el camino que te marcó una viejita

Vers un jeune musicien et son accordéon parlant
Towards a young musician and his talking accordi
Hacia un músico joven y su acordeón que habla

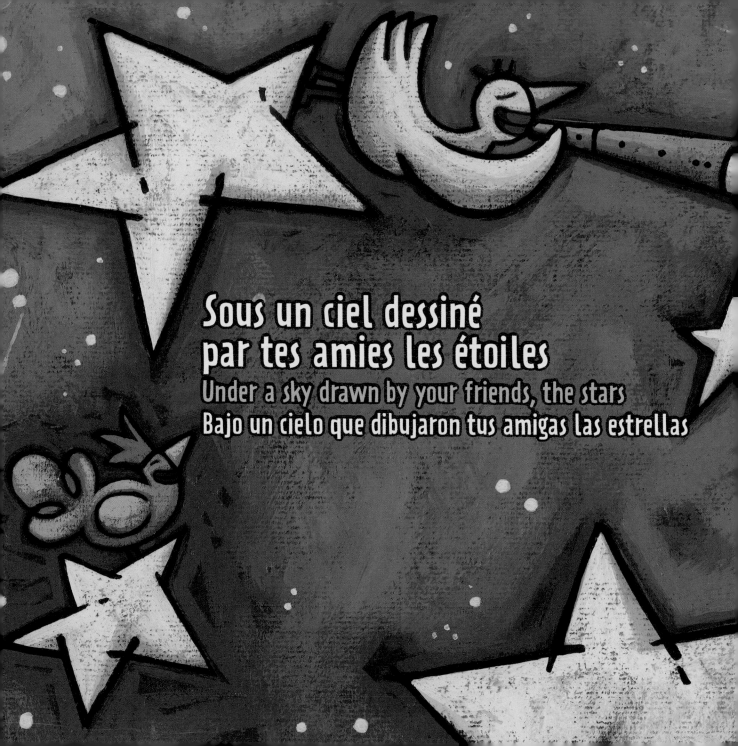

Sous un ciel dessiné
par tes amies les étoiles
Under a sky drawn by your friends, the stars
Bajo un cielo que dibujaron tus amigas las estrellas

Tu découvriras les fleurs
dans le lointain

You'll discover flowers in the distance

Descubrirás las flores a lo lejos

Qui te fredonneront
un doux refrain
Humming a sweet tune for you
Que te tarareará un suave canto

Celui du voilier qui marie la mer
The song of a sailboat married to the sea
El del velero que se une al mar

dodo la planète do

1   Nade gau

INDONÉSIE • INDONESIA

Traditionnel, arrangement Paul Campagne Collecté par Francis Corpataux (Le chant des enfants du monde, Volume 4, Arion Music) Interprètes Hart-Rouge (Paul Campagne, Suzanne Campagne et Michelle Campagne)

Endors-toi, bel enfant, sinon tes parents ne pourront travailler dans le jardin et te donner à manger.

Sleep, beautiful child, so your parents can work in the garden and grow food for you to eat.

Duerme, niño bonito, para que tus padres puedan trabajar en el huerto y darte de comer.

2 Acalanto

BRÉSIL • BRAZIL

Paroles et musique Dorival Caymmi Interprète Bïa

**Bœuf, bœuf, bœuf... le bœuf au visage noir
tient sa fille qui a peur de son masque.**

Bull, bull, bull... the bull with the black face holds
his daughter, who is frightened by his mask.

Toro, toro, toro... el toro de cara negra sostiene
a su hija que le teme a su máscara.

3 Diarabi

SÉNÉGAL • SENEGAL

Traditionnel, arrangement Zal Idrissa Sissokho Interprète Zal Idrissa Sissokho

**Il faut prendre soin de tous les gens qu'on aime,
sans quoi, on peut causer de la peine.**

You must take care of all those you love;
otherwise, you might hurt them.

Hay que cuidar a todos nuestros seres queridos,
para no causarles dolor.

4 Fais nanan m'tchou

BELGIQUE • BELGIUM • BÉLGICA

Traditionnel, arrangement Paul Campagne Collecté par Francis Corpataux
(Le chant des enfants du monde, Volume 12, Arion Music) Interprètes Hart-Rouge
(Paul Campagne, Suzanne Campagne et Michelle Campagne)

Fais dodo et plus tard tu pourras bien manger.

Sleep and later you can eat your fill.

Duerme, y después, podrás comer bien.

5 Atas atas amimmi

ALGÉRIE • ALGERIA • ARGELIA

Traditionnel, arrangement Paul Campagne Interprète Lynda Thalie
Précédé du conte traditionnel Win rahou mâizatek? (Où sont passées tes petites chèvres?)

Celui-là est petit et sage. (le petit doigt) Celui-là est
le porteur de bagues. (l'annulaire) Celui-là est grand
et fou. (le majeur) Celui-là est le lécheur de casserole.
(l'index) Celui-là écrase le petit pou. (le pouce)
Oh, vieille dame. (en ouvrant la main de l'enfant)
Où sont passées tes chèvres? Par là... par là... par là...
ou bien par là? (en pointant les parties du corps à chatouiller)
Je suis la fourmi, je suis la souris, je suis la vieille
dame qui prépare son feu!

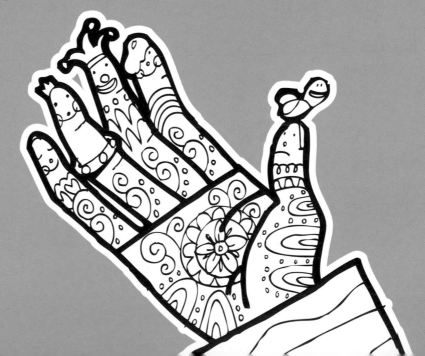

Éste es pequeño y quieto. (el meñique) Éste lleva anillos. (el anular) Éste es alto y loco. (el dedo mayor) Éste lame las ollas. (el índice) Éste aplasta el piojito. (el pulgar)
¡Oh, viejita! (al abrir la mano del niño)
¿A dónde se fueron tus cabritos? ¿Por aquí... por acá... por ahí... o por allá? (al indicar las partes del cuerpo del niño que provocan cosquillas) ¡Soy la hormiga, soy el ratón, soy la viejita que prepara su fogón!

Celui-là est petit et sage. (le petit doigt) Celui-là est le porteur de bagues. (l'annulaire) Celui-là est grand et fou. (le majeur) Celui-là est le lécheur de casserole. (l'index) Celui-là écrase le petit pou. (le pouce)
Oh, vieille dame. (en ouvrant la main de l'enfant)
Où sont passées tes chèvres? Par là... par là... par là... ou bien par là? (en pointant les parties du corps à chatouiller) Je suis la fourmi, je suis la souris, je suis la vieille dame qui prépare son feu!

6 Tumbalalaika

ISRAËL • ISRAEL

Traditionnel, arrangement Paul Kunigis et Paul Campagne Interprète Paul Kunigis

Un jeune homme devrait-il déclarer son amour?
Acceptera-t-elle? Refusera-t-elle?

Should a young man declare his love?
Will she accept him? Will she reject him?

El jovencito debería declararle su amor?
¿Aceptará? ¿Lo rechazará?

7 O Séy'a

CAMEROUN • CAMEROON • CAMERÚN

Traditionnel, arrangement **Paul Campagne** Interprète **Muna Mingole**

8 Breçairòla per la nena

OCCITANIE • OCCITANIA

Paroles **Louisa Paulin** Musique **Daniel Loddo** Interprète **Luc Lopez**

Nous ne dirons pas à notre petite fille, qui chante comme les oiseaux, que notre ciel est dans ses yeux.

We will not tell our little girl, who sings like the birds, that our heaven is in her eyes.

No le diremos a nuestra hijita, que canta como los pájaros, que nuestro cielo está en sus ojos.

9 C'est la nuit mon petit ange
CANADA

Paroles et musique Michelle Campagne Interprètes Hart-Rouge
(Paul Campagne, Suzanne Campagne et Michelle Campagne)

Tes ancêtres sont tous là et sont passés déjà au-delà des étoiles.

Your ancestors are all there; they've passed beyond the stars.

Todos tus ancestros están allá, más allá de las estrellas.

10 Die blümeleine sie schlafen

ALLEMAGNE • GERMANY • ALEMANIA

Traditionnel, arrangement Paul Campagne Interprète Suzanne Campagne

Dors comme les petites fleurs, et le marchand de sable ne viendra pas.

Sleep like the little flowers and the sandman will not come.

Duerme como las florecitas, y el ladrón no te llevará.

11 Dodo ptI baba

SEYCHELLES

Traditionnel, arrangement Paul Campagne Collecté par Francis Corpataux
(Le chant des enfants du monde, Volume 4, Arion Music) Interprète Muna Mingole

12 'Ndormenzete popin

ITALIE • ITALY • ITALIA

Traditionnel, arrangement Marco Calliari Interprète Marco Calliari

Entre tes cris, je dois travailler, mais si tu t'endors, tu seras mon trésor.

Between your cries I must work; but if you sleep, my treasure you'll be.

Entre tus gritos, tengo que trabajar, pero si descansas, serás mi esperanza.

13 We are the boat (Somos el barco)

ÉTATS-UNIS • UNITED STATES • ESTADOS UNIDOS

Paroles et musique Lorre Wyatt Interprète Penny Lang

Le rivière chante à la mer, la mer chante au bateau qui nous porte.

The river sings to the sea, the sea sings to the boat that carries us.

El río le canta al mar, el mar le canta al barco que nos lleva.

Réalisateur Paul Campagne Directeur artistique Roland Stringer Enregistrements Paul Campagne au Studio King Mixage et mastering Davy Gallant à Dogger Pond Music Illustrations Sylvie Bourbonnière Conte Patrick Lacoursière Traduction Services d'édition Guy Connolly Graphisme Stephan Lorti pour Haus Design Communications

INTERPRÈTES Luc Lopez Breçairòla per la nena Marco Calliari 'Ndormenzete popin Penny Lang We are the boat (Somos el barco) Muna Mingole Dodo pti baba, O Séy'a Zal Idrissa Sissokho Diarabi Paul Kunigis Tumbalalaika Bïa Acalanto Lynda Thalie Atas atas amimmi Michelle Campagne C'est la nuit, mon petit ange, Nade gau Suzanne Campagne Die blümeleine sie schlafen, Nade gau Paul Campagne Fais nanan m'tchou, Nade gau

CHŒURS Hart Rouge (Michelle Campagne, Paul Campagne, Suzanne Campagne) Breçairòla per la nena, Fais nanan m'tchou, C'est la nuit, mon petit ange Muna Mungole O Séy'a Davy Gallant O Séy'a Aleksi Campagne Tumbalalaika, We are the boat (Somos el barco) Mia Campagne-Gallant Atas atas ammimi

MUSICIENS Paul Campagne guitares électrique, classique et acoustique, basse électrique, contrebasse, ukulele, percussions, mandoline, kalimba Davy Gallant guitares acoustique et électrique, mandoline, percussions, ocarina, flûtes Michel Dupire pandeiro, djembé, ganzas, berimbau, maracas, bongo, cascara, tumba, tambour d'argile, guiro, rebolo, dumbek, cloches à vache, bombo, anklung, carillons Gilles Tessier guitare électrique (O Séy'a) Yves Desrosiers guitare classique (Acalanto, We are the boat) Luc Lopez accordéon (Breçairòla per la nena) Zal Idrissa Sissokho cora (Diarabi) Lucio Altobelli accordéon ('Ndormenzete popin) Marco Calliari guitare classique ('Ndormenzete popin) Michelle Campagne piano (C'est la nuit, mon petit ange) Caroline Meunier accordéon (Tumbalalaika) Paul Kunigis piano (Tumbalalaika) Penny Lang guitare acoustique (We are the boat)

REMERCIEMENTS Patrick Cameron, Nick Carbone, Vincent Martineau, Gina Brault, Heidi Fleming, Henri Sylvain Wandji, Ulli Hetscher, Véronique Croisile, Patricia Huot, Mona Cochingyan, Connie Kaldor, Bernard Bocquel

Bïa apparaît avec l'aimable autorisation de Les Disques Audiogramme inc. et de SONY BMG Entertainment France.

Nous reconnaissons l'appui financier du gouvernement du Canada
par l'entremise du ministère du Patrimoine canadien (Fonds de la musique du Canada).

℗ www.lamontagnesecrete.com
©℗ 2008 Folle Avoine Productions, Lac Laplume Musique
sauf Acalanto, Breçairòla per la nena et We are the boat (Somos el barco)

Dépôt légal — 4ᵉ trimestre 2008 ISBN 10 : 2-923163-52-4 / ISBN 13 : 978-2-923163-52-9
Loi 49-956 du 16 juillet 1949 sur les publications destinées à la jeunesse. Bibliothèque et Archives nationales du Québec.
Bibliothèque et Archives Canada. Imprimé à Chine par L. Rex Printing Company Ltd. Tous droits réservés.